# 思い出ばかりを食べて来ました

## ～秘色《ひそく》の文《ふみ》～

田中 雪枝

文芸社

～水面《みのも》有《う》情《じょう》～

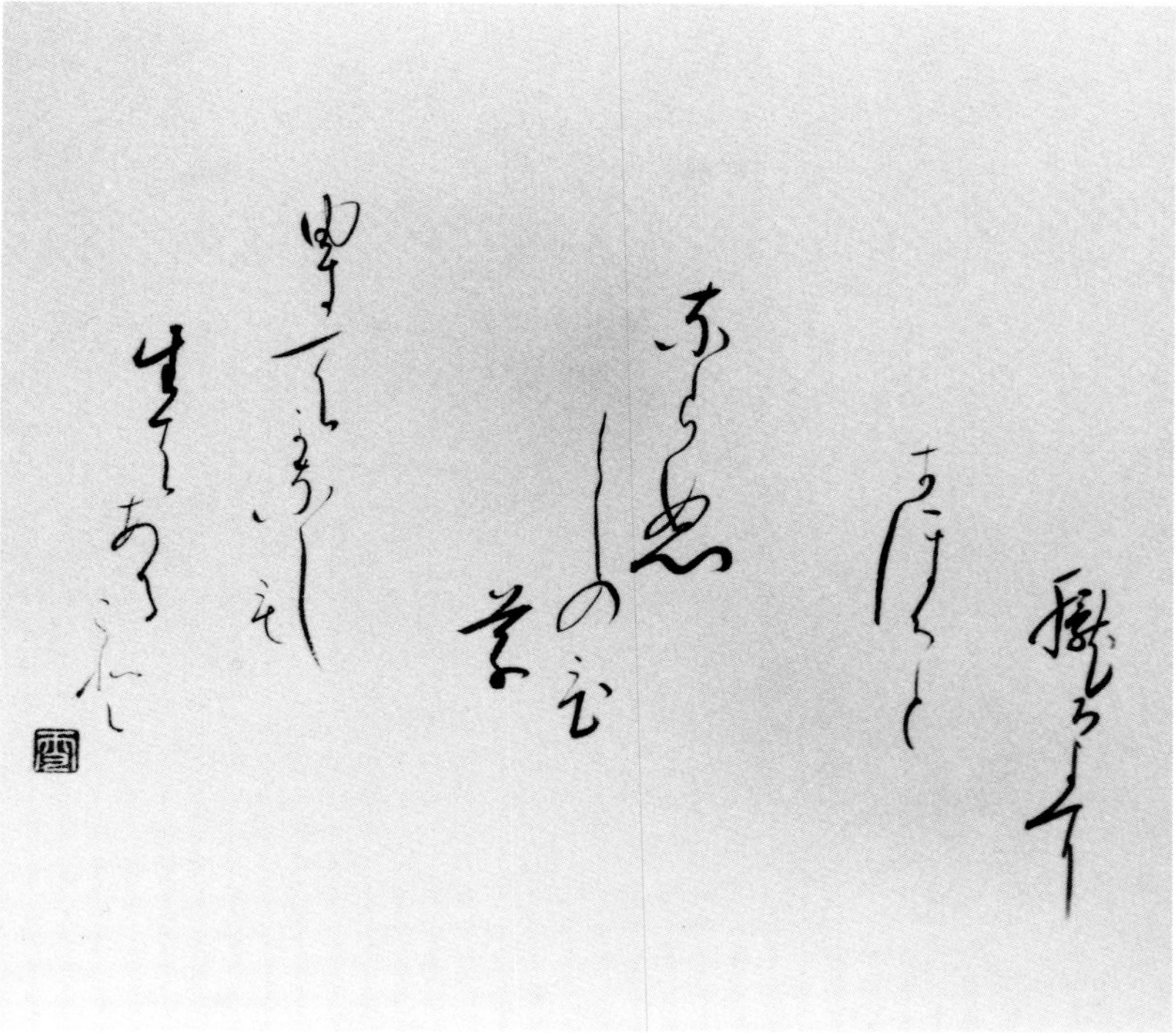

歌　田中雪枝
書　倉山雪洲

# 目次

# 思い出ばかりを食べて来ました

——秘色《ひそく》の文《ふみ》——

# I

思い出ばかりを食べて来ました

時に雫があるとすればどの方向に滴るのでしょうか

貴方はどこ？　ああ時が凍ってしまいそうです

炎の様なあの言葉を胸に光束ねて
あがる噴水を見ています　明日の見えない今の私に
水の煌めきは眩しすぎます　そしてあの言葉も

荒涼も寂寥も人の思いに過ぎぬのでしょうか
冬晴れにつづく枯野　貴方と行った枯野
二人二つが今一人一つの影と歩んでいます

棕梠竹もベンジャミンも枯れました

貴方を慕って去りゆく様に　今度は何の鉢にしましょうか

フェニックス？　それともドラセナ？

愛のモニュメント（美ヶ原高原美術館）

ロジカルな物言いが貴方そっくりのタレントが
います　雪の降るこんな晩には珈琲を
沸かして似て非なるこの方と会う事にいたします

青空に向きを変えるとき光る冬鴎
飛ぶということは何と美しいことなのでしょう
ああ飛翔するあの翼が欲しい

風邪がはやっています　貴方　風邪をひかないでね
外出には白マスクをして出ます　表情を匿せば
何かと　ものも言い易いですものね

「ほう」と呼べば「ほう」とかえって来る冴
誰も彼も白息をはいて雑沓を行く冬
本当に今　隣人を信じていいですか

忠ちゃん牧場（裾野）

「現実は乾《から》びし柳葉魚《ししゃも》炙りをり
ワーズワースもリルケも遠し」と詠った日はもう遙か
今はもっと深い悲しみの淵に立っています

眠れない夜がつづきます　貴方も夜が怖いと
云いましたっけ　夜は悲しみの坩堝《るつぼ》
夜が来なければいいと思います　暗い暗い底なしの夜が

せぐまりま冬の孤島のようにひそみいるとき

鳴る一本の電話　何だと思います？

ああ無情!!　それは墓地のおすすめセールス

ひそけさは寂しさに似て　山の筧に水の鳴る音

貴方と幾度聴いた事でしょう

世の喧噪を離れてしみじみと今自分にかえっています

駿河の海

在ることが即幽玄と思うまで　庭にしずまる
白い石達を眺めています　石も抒情する事が
あるのでしょうか　黙々としてこの存在感

山帰来のリースを買い　誰かに待たれいる貌をして

家路を急いだ暮れの街　ほんとは誰もいないくせに

私は見栄坊なんです　悪い癖

今年の兎は貴方の干支　招福うさぎを振れば

すずやかに鳴る土鈴　呼應する貴方のハートのように……

何度も何度も振ってしばらくは二人の時間

いつの間か「こんとん」という名の茶房が一つ
街に消えました　道行く人の誰もが背を丸めて
二〇世紀末の混沌を負うというのに……

座禅草（秩父）

冷えきった胸に燃える火の色――ポインセチアの
朱が眼を射ます　返り咲く花のあるように
ああ人にもこの色の情熱が戻らぬものでしょうか

貴方のおはこ「巴里の屋根の下」テープの中の
バリトンが快よい韻きをもって誘いかけます
こんな夜はそっと唄ってみます　私も……

もうすぐやって来るバレンタインデーもホワイトデーも
私には無縁です　チョコレート革命？　とんでもない
革命するにもはまるにも私は無縁です

二人の胸にも掲げたくて　画廊で選んだ
ピエール・マスの「静かなる流れ」　茜のトーン
黄泉《よみ》にもこんな流れがあるのでしょうか

千本松原（沼津）

# II

「一人ぼっち」の指文字が玻璃窓《ど》を流れます

とめどない涙のように……　そしてやがて消えてしまって

胸の文字は刻みこまれたままなのに……

心の底までしぐれる夕べ　自販機より出る切符の
ほのかな温み　こんな事にもふと涙ぐんでしまう私
この感傷はどこから来るのでしょうか

ハトムギの代りに現地直送のアロエ茶を

飲んでいます　もぎたて無農薬の三宝柑を

しのばせてくれるのが嬉しくて……　ただそれが嬉しくて……

貴方に聴いたロゼット状のタンポポが凍てついたまま
地にはりついています　哀れとはいえ　タンポポには
明日があります　頑張れタンポポ

慈母観音（金昌寺）

孤独地獄をくぐり抜けて何があるというのでしょうか
呟きが呟きを生む　今宵も枇杷色の月は
冷ややかに窓を照らしています

着ぶくれて少し足ひきゆく私も　裸を曝らす
並木々と同じように　うら寒き
鋪道風景と見られているのでしょうか

孤独追いつめ　追いつめてゆく形に冬日が移る

畳の上　居り場のない私が右往左往して

います　どこに坐ったらいいのかしら

右の膝がこんなに痛いのに……　病院に行きそびれて
しまっているだけなのに……　今年一年健康家庭
表彰記念として市から石鹸セットが届きました

フラミンゴ（行川ランド）

光琳の梅を見ていますとほつほつと
春が灯って来ます　梅郷を二人でめぐった
あの春が……　甘酒を飲んだあの一日が……

今日は節分です　「福は内　鬼は外」「福は内　鬼は外」

福とは何　鬼とは何　声をあげ豆を撒いて

先ず身の修羅を払わなければ……

彌生と呼べば優しく　三ぐゎつと云えば
いさぎよし　何れも貴方にふさわしく
三月は貴方の生まれ月

三月五日　貴方の誕生日　ケーキとワインと
フラワーアレンジメントを買って来ました
今夜はちょっと陽気に二人の過去に乾杯

富士眺望

あちこち非日常の世界へ運んでくれた
貴方の愛車ローレルを手放しました
家族の一人と別れる淋しさ　こんな淋しさもあったのですね

今日吹く風は春一番　ベランダに積んでいた
空箱があばれ廻っています　今度出す日はいつ？
貴方がいないともうこのていたらく

決して男性はくれない　お目当ては若き女性
路上で女性から貰ったポケットティッシュに
菜の花がきれい　プラスマイナス零《ゼロ》の気分

雪かと紛うさくら花びらちるちるちるみちる

今日は花冷え　昔も今もどうしてこう人の心を

とらえるのでしょうか　ああ　さくら　さくら　さくら

水辺の櫻

多彩なひらめきを感じるからか　スマップの
五人男が大好きです　「夜空の向こうにもう明日が
待っている」と唄うこの若者達が……

「命運のことはかなしきなぜ白スワン黒スワンか
並び寄りくる」と詠んだあの池にもうあの姿は
見えません　水皺だけがただ白くしろく光る水の面

氷点下40度のツンドラに生きるチュクチ族
トナカイの遊牧生活　この極限の世界
ああ　どのドラマよりも哀しい今夜のテレビ

来る日も来る日も私は一人ぼっち
時には暮らしに変化球が欲しい　例えば
ベランダに真白な折鶴が舞いこんで来るような……

水芭蕉（鬼無里）

III

からからの東京砂漠　五臓六腑干からびて
しまいそうです　一杯の林檎ジュースでも飲みましょう
神よ　雨を恵み給え　万物の命あるもののため

アフガニスタン　バーミャンの悠久の大仏が
頭部が砲撃で吹っ飛んだという
こんな非情ってあるでしょうか　今日一番の私の不機嫌

「むかつく」「キレル」　こんな言葉が若者の間に
はやっています　全くそう不適切でもない言葉
――遠いあの日の貴方と私にとっても……

茶髪にピアス　性別不明の人種が街を
闊歩しています　女が黒　男が赤のアベックも
風俗逆転　何かおかしいとは思いませんか

守礼の門（沖縄）

「老斑の二月星座となりていし」と詠んだ人の
胸全開のこの明るさ　深さ　手鏡に映る
皺を嘆きながらお会いしてみたい方の一人です

誰も見ていない　いや誰か見ているかもしれません
独りいて一人芝居の溜息をつく　夕べ
言葉にもならぬ思いをこぼすエリカのように

なまなまと鋪道に滲む油虹　踏まずまたぎゆく私に
見残した夢があるのでしょうか　今日はもう
始まっています　そして社会は動いています

グローバルな視野でもっていつも遠くを
見つめていた貴方　そして足下の鳩達にも
優しくやさしく　それは妬ましいくらいまで

大瀬崎砂嘴（沼津）

「人は希望ある限り若く失望と共に老い朽ちる」
サミュエル・ウルマンの言葉　向こうに真赤な夕日が
燃えて今　口笛でも吹きたいような黄昏の中にいます

豹柄がはやれば豹柄　黒がはやれば黒一色
街は流行の波に埋まっています　画一のこのあじきなさ
空しさ　貴方も嘆いていましたよね

アダムスミスでなくてカールマルクスを選んだ

貴方の思考形態　根底に反体制——革命の

図式があったんですね　世の常識からは遠く遠く

日本近未来はゴミの砂漠と化すのでしょうか

チラシの多い新聞さえ整理しかねる始末です

ああ　たたんでも世の荒廃のにおいする新聞の量《かさ》

カラスウリの花（柿田川周辺）

ヘップバーンの「ローマの休日」或る夜中の二時頃まで
テレビで見ましたね　映画館でも見た映画なのに……
何がそんなに貴方の心を捕えたのかしら

コーヒーよりココアの方が好きでしたね　貴方も
それにペパーミント一葉でも泛かべて見ましょうか
今日の憂鬱がふっ飛ぶかも知れません

道連れ二人　寒村に生まれて生きて九十路越え

菊つくり　薔薇つくりすると翁云い　八十五歳

毎朝　勅語暗誦するはぼけない為と媼は云う

児童劇「主役」とはほど遠くても
「その他大ぜい」の子供達のあのいきいきとした
顔のかがやきはどこから来るのでしょうか

ミーヤキャット（智光山公園）

今晩のメニューは帆立入りシチューとサラダと
いんげんのピーナツ和え　貴方の好きだった
帆立貝です　さあ　御一緒に食べましょう

「愛とはより高きものに憧れる心　嫉妬とは
より低き自己の位置にひきさげようとする心」と
三木清はいう　ああ　永遠にこの愛が欲しい

あの山であの林でこの手に触れたコマクサも
座禅草もエーデルワイスもヒメシャジンも
みんなみんな今はまぼろし

乾ききった胸が叫びをあげています　歌は叫びを

切りとる作業　暫く夢工房にこもります

悲しみよ　また会う日までさようなら

千畳敷カール（中央アルプス宝剣岳）

# Ⅳ

堪えかねて鳴り出す琴のあるという

――それは秋の夜のひもじき私　貴方帰って来て下さい

この侘しい音色を聞いて下さい

雨の日　電線にとまって啼きやまぬ山鳩
ずぶぬれの山鳩の哀れをわが事として立ちつくした二人
あの日のあの声が今も幻聴としてひびいてきます

豌豆　黒豆　蚕豆　うずら豆……　豆なら何でも
好きだった貴方　今日はそら豆を煮てみます
楽しみは幸せに似て夕べの厨　さあ召し上がれ

野の電柱に葛の葉が巻き上っているのを見て一週間
心ときめき後日譚を聞きにゆく様に行った
私達　ああ見事に葛の花のあの開花

海　女（伊勢志摩）

カレンダーの今日は空欄です　お天気もいいし
どこか二人で逍遥いたしませんか　潮騒を聞きに
海？　それとも野草たちに会いに山？

「砂丘とは浮かべるものにあらずして踏めば鳴るなり

淋しき音に」晶子のこの砂丘は私のふるさと

貴方とも幾度か　風紋とロマンを求めて行きました

庭の池に睡蓮を浮かべて　その花開く瞬間が
見たくて二つ椅子を並べたまま何時間か……
結局あの日　失意に終ってしまいましたっけ

クラッシック一辺倒が演歌も聞くようになった
理由は!! 女心の哀愁とあのメロディ? 優しさと強さが
表裏にある様な…… 時に涙していた貴方

風　紋（鳥取砂丘）

マントルピースのある部屋　日時計と噴水のある庭
百坪の贅沢な家に棲まった事もありましたね
今は独りで三ＬＤＫの侘び住まい

母の座はやむなく諦めて来たものの　主婦の座
妻の座さえ奪われてしまうとは　私は一体
どんな椅子に坐ればいいのでしょう

「独身貴族」というけれど私は「未亡人貴族です」
としたい放題　自由に生きたYさん　貴方も知っている
Yさんが鬼籍に入りました　卒寿を前にして

貴方は「生きもの地球紀行」私は温かい

ホームドラマ　それぞれ画面に求めて……

二人家族の憩いはこんな平凡なところにありました

道祖神（安曇野）

遠い日　わが家の陶椅子に巣くった小鳥

いま眼の前に四十雀一羽　ツツピーツツピー

もの擦るような啼き声が懐かしくて一筆啓上

「みんな違ってみんないい」童謡詩人
金子みすゞの「私と小鳥と鈴と」の中の言葉
個性を認めあうこんなフレーズって素敵ですね

牧水夫人喜志子師とＮＨＫで自分の歌二首朗詠して
貰った三千円のギャラ　御一緒に見て感動した
あのイタリア映画「屋根」　今でも私を熱くさせます

独りいて広すぎる空間　ひんやりと秋の
手ざわり　次郎柿を食べつつ閑日をもて余しつついて
心ひだるき者――汝の名は未亡人

原爆ドーム（広島）

私への遺書を残して　国家試験にパスしながら
監督官になれないで自殺した部下と歌人死刑囚と
あること三度？　悪い予感におびえています

ワープロ　ラジカセ　カメラ　時計　本　机　ペン　油絵
イタリア製のテーブルと椅子などそのままの書斎
遺されたものの悲しみがいっぱいつまったああこの書斎

位勲ある海軍大佐の父　文学博士　京大教授の
母方の祖父への憧憬と誇りが貴方の中で常に
底流をなしていたこと　すべてそこから匂う気品かも……

連日の晴天　白いカーテンが揺れ　鳥影が
過《よ》ぎる疊に冬日が斜めに移ってゆきます
静かなひととき　こんなのを平安というのですか

トベラ（戸田岬）

# V

「夕焼け小焼けの赤とんぼ」を唄いながら
二人で聞いたほととぎす　今年も来て啼くのでしょうか
もう一度聞きたい　あの森で……

ロドルフとベルサの純愛負うという勿忘草の
藍がみずみずしい朝です　この花の傍《そば》で
今日は思いきり未来の事などお話ししましょう

縹渺とひろがる桔梗《きちこう》の空　雲はもう
今日の流動をはじめています　さあ　頬杖を
ついてばかりいないで私も何かしなければ……

今風の遊びを知らない二人が
バラ園に忘れられいる噴水の水の輝き
それだけを見て帰って来た日もありましたっけ

阿寒湖（北海道）

悠々とマンタが泳ぐ水族館　見果てぬ
夢を追うあの少年のようなまなざし　時々
盗んでは限りなく眩しく見えた貴方のあのプロフィル

蜆採る舟の行き交う湖にほのぼのと懸かった

朝の虹　ホテルの窓の向こうに一すじの虹　こんな

風景との出会いに胸ふくらませながら行った二人の旅路

捨てきれぬものの一つ　抽斗を開ければ
車検のたび買い換えた貴方の眼鏡があふれ光っています
私を見張り　私を見守っているもののように

魚の形のサブレー食めば　ざわざわと
潮騒が聞こえて来ます　私の思いの中に……
あの海であの音を貴方と何度聞いたことでしょう

ポロトコタン村おさ像（北海道）

二人とも上昇志向　浜べに佇って富士望み

海の藍　空の藍　そしてぐんぐんあがり　空の高みに

舞う鳶を見上げるのがたまらなく好きでした

酸素ボンベを背負い海に入りゆくダイバー
水底のロマンを追う若者達のあの眼のかがやき
たっぷりそそぐ春陽の中で二人が誘われていった夢幻の世界

味が勝負の世はグルメブーム　鰻の蒲焼きの
美味しい店　ビフテキ絶品のあの店　きっと
生き残って繁盛しているでしょう　懐かしい

貴方と私の相違は　たとえば一皿ずつたいらげて
ゆく私と各皿を満遍なく食べてゆく貴方と
すべてこういうてだてをふんでいたように思います

牧水歌碑（千本松原）

スマートで万能の貴方の手の爪はずんぐり
太っちょで不器用な私の爪は細長くてスマート
いつも不思議に思っていた事の一つです

処世術２２　人当たり５３　感度３４

貴方と私の共通項は２点の処世術　故に名もなく

貧しく美しく……？　でも生きて無冠のこの身の軽さ

貴方は英国紳士　これはまとも　私は金魚
詩誌に推薦詩となった私の詩「金魚」を毎年卒業生に
贈っていたため　ニックネームってたわいのないものですね

機械音痴の私にはファックスも携帯電話も

パソコンもなし　ワープロはあっても操作出来ず

やがて20世紀の遺物人間となり果ててしまうでしょう

金山坑内（佐渡）

貴方と出会い　貴方を選んだのは正解でした
女人未満の私の人生に貴方の存在は貴重
色々とお導き有難うございました　——深謝……

郭公の　小綬鶏の　山鳩の啼く家にそれぞれ移り
最後が鴉の啼く家でした　この主客の鳥達に
まつわるエピソードは　いつか又ゆっくり語りあいましょう

たった一人の味方のような優しさで

私を待っているさくら草　乾ききった部屋に

ほのぼのとただようこの香りは涙ぐましきまで

パンドラの箱を開けると大変　この秘色《ひそく》の文箱《ふ》を

開けて下さい　今少し希望と光をお与え下さい

失速の片羽鳥の胸がつめたく凍ってしまわないうちに……

はまゆう（沼津）

# あとがき

この花でなければならぬか蜆蝶萩のめぐりをつくづくと飛ぶ

垣根を埋めてすがすがしく白い灯をともしては早世した弟を悲しく思い出させた十薬の花もとっくにすぎ、格別暑かった今年の夏も終わって今、萩の花がしきりに風にこぼれていいます。人生の移り変わりを、四季に咲きそして散ってゆく花々に投影していた万葉人のように、今まで生きて来た私の数限りない思い出の中に花は、それぞれに深いゆかりをもってつながっているように思います。

平成八年九月、主人が入院中、或る日、病室のベランダに赤い鳳仙花が半ば散って、そのまわりを鳩が一羽いつまでも餌をあさっているのを見かけ、この風景を病床の主人に見せたくて手鏡で映して見せたのですが、もう余りものも話さなくなっていた彼が「花はもう散ったか。鳩は一羽か」としゃべってくれたのです。格別お花や動物の好きであった主人にとって、これがついの見納めになってしまいました。あの時の事を思うと、又しても悲しみがぐっとこみあげて来ます。

たたかひは上海に起り居たりけり鳳仙花紅く散りゐたりけり

これは斎藤茂吉の歌ですが、鳳仙花を見る度にこれからもこの歌とともに思い出しては悲しみを新たにすることでしょう。

平成十年、遺歌集『ふり向けば藍』出版の折は涙ながらに編みあげましたけれど、この度は幾らか距離を置いて冷静に筆を運ぶ事が出来たように思います。でも、ひびわれた甕からじわじわと滲み出る水のような悲しみとでも申しましょうか。当分は致し方ないかも知れません。が、新しい世紀のこの激動の世にあって、いつまでもめそめそしているわけには参りません。

思えば、悲しむばかりで、主人への挽歌をまだ一首もつくっていないのに気がつきました。というより、彼の死にめんと向きあいたくないといった方がただしいのかも知れません。

朧夜におぼろとならぬ忍び草揺れてかなしも生きてあること

序歌として掲げました巻頭のこの一首が、今の私の思いの丈のすべてです。レター形式でもって、詩とも散文ともつかぬ奇妙なもの百篇に、口絵もふくめ彼の撮ったスナップ写真を添えて、思い出を、来し方をつづってみました。副題の「秘色《ひそく》の文《ふみ》」は瑠璃色の文。深く鎮魂の思いをこめて挽歌の代りに、今この拙い小冊子をふたたび、夫豊二のみ霊に捧げたいと思います。

篆書「素心吟夢」が中国書法芸術院芸術大賞受賞（故宮博物院収蔵）の書家、倉山雪洲先生に色紙揮毫をお願いいたしました。ご高齢にも拘らず、快くお引き受け戴き有難く、心から厚く御礼申し上げます。

尚、おわりになりましたが、何かと格別の御配慮をいただきました株式会社文芸社の渡部健さまに深く深く感謝いたします。

平成十三年十月三日

田中雪枝

著者略歴

田中　雪枝（筆名　槇みちゑ）

一九一九年一二月鳥取県生。元教員、労働基準監督官。牧水夫人若山喜志子に師事。『創作』を経て創苑短歌会指導、現在に至る。第一九回『短歌研究』新人賞次席入選。

著書、歌集『階踏む音』『時雫』。『時雫』は日本自費出版第一回文化賞部門入賞。歌書『死刑囚のうた』。

思い出ばかりを食べて来ました　～秘色《ひそく》の文《ふみ》～

2002年 2月15日　初版第 1 刷発行

著　者　田中雪枝
発行者　瓜谷綱延
発行所　株式会社文芸社
〒112-0004　東京都文京区後楽2-23-12
電話　03-3814-1177（代表）
03-3814-2455（営業）
振替　00190-8-728265
印刷所　図書印刷株式会社



ISBN4-8355-3221-X C0092